タイムス文芸叢書
001

インターフォン

松田 良孝

沖縄タイムス社

もくじ

挿絵・プロフィル似顔絵　国永美智子

第40回新沖縄文学賞受賞作

インターフォン

壁という壁には九インチの小型モニターがずらっと並んでいる。ほかには書類棚がいくつかあるだけで、窓なんかない。エアコンは、台風で停電でもしないかぎり、二四時間スイッチが入りっぱなしなので、相当にくたびれていた。低い振動音が気に障る。

台風で停電したら、モニターの画面も一斉にスイッチオフになるのかな。ペアのおばさんに確かめようと思い付いたそのとき、右上のほうにあるモニターの中で、高校生ぐらいの若者たちが何かしているのが眼に留まった。なんだか動きがおかしい。

私の勤め先はビルの管理会社。エレベーターの監視カメラから送られてくる映像を見て、異状がないか確かめるのが仕事である。私は、母親より一回り上とおぼしきおばさんと二人一組で、夜の一一時から朝の七時までエレベーター監視室に詰めている。業務は三交代制の二四時間態勢で行われていた。監視室は安里の雑居ビルにある。

若い子たちがおかしな動きをしているモニターには「ＫＭ００４」という識別番号が振られていた。私はとりあえず業務日報にその識別番号と時刻を記入した。午後一一時三三分である。

私は、ペアのおばさんに言った。

「あっちにちょっとおかしいのがあります。ＫＭ００４です」

ペアのおばさんは椅子から立ち上がると、ＫＭ００４の前に行った。

「大きいのに引っ張ってくれる?」

「はい」

異状のあるモニターの映像は監視室の中央にある四〇インチの大型モニターに切り替えて確認することになっており、職場ではそれを「映像を引っ張る」と表現していた。業界用語である。

アップになったエレベーターの中では、一人の女の子が五人の男子に取り囲まれていた。一人の男子が、女の子が背負っているリュックサックを引きはがすように奪うと、素早くチャックを開けて逆さまにした。筆入れやノート、教科書のような薄めの本がばらばらと落ちる。

ペアのおばさんがつぶやいた。

「やばい状況だね。ケイちゃん、マニュアル通りに頼むね」

「はい。分かりました」

監視室の担当者は、犯罪につながりかねない状況を確認した場合、契約している警備会社に連絡して警備員の到着を待つことになっていた。私は、ペアのおばさんの指示に従い、警備会社に電話を掛け、モニターの識別番号と、エレベーターの中の様子を伝えた。すぐに警備員を向かわせるとの返事を聞き、私は受話器を置いた。

ペアのおばさんは大型モニターの前に立ち、

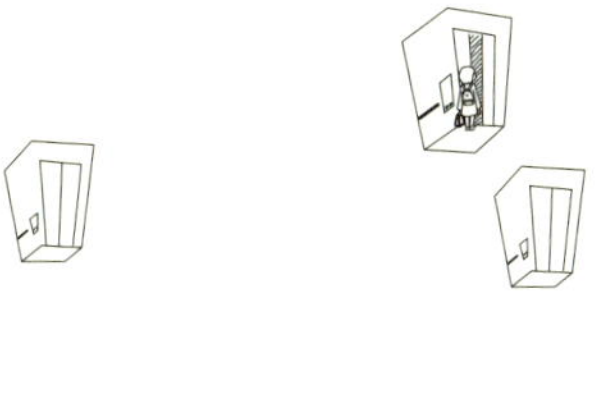

若い子たちの様子を見続けている。

「警備員さん、すぐに向かうそうです」

私が言うと、ペアのおばさんは腕組みをした。

事態が切迫している場合、監視室のマイクを使ってエレベーターの中に直接呼び掛けてもいいことになっており、ペアのおばさんはどうすべきか考えているのだった。

「ケイちゃん、やってみる？」

ペアのおばさんが私に聞いた。

「何をですか？」

「いきなり呼び掛けてみるの。天の声みたいに。だれもいないはずのところから声掛けられたら、みんな逃げていくんじゃないかな」

「いきなり、ですか」

「あたしがちゃんと見てるから、大丈夫。やってごらんよ」

ペアのおばさんは、モニターを見るようになって二〇年のベテランである。この仕事に就いてまだ僅かしか経たない私に経験を積ませようとしているのかもしれない。

大型モニターの中では、奥の角に六つの頭が折り重なるようにうごめいている。女の子が不良の男子に追い詰められている。何か言わなきゃ。マニュアルでは、まず「どうしましたか」から始めることになっていたのだけれども、私のなかではこの点が曖昧になっていた。なんて言うんだっけ。早く何か言わなきゃ。

私はついに言った。

「おい」

その瞬間、六つの頭が少しだけばらけ、不良の男子が箱の中のあちこちを見回しはじめた。声の出所を探そうとしているに違いない。女の子は隅っこで縮こまったままだ。私の一言は、いきなり衝撃を与えるという点では、成功だったようだ。

このあと、どうしたらいいんだろうか。私はペアのおばさんを見た。ペアのおばさんは無言で私を見ていたが、すぐに大型モニターに視線を移した。あくまで見守るだけということらしい。

「こら」

私は苦し紛れにマイクから叱り付けた。

五人の男子の中で、一人だけ髪の毛を染めていない小柄な男子が、ボタンの並んだ操作盤の上のほうを指さし、ほかの男子を呼び集めた。エレベーターの中の音は聞こえないが、「今こっちから声がした」とでも言っているのだろう。確かに、このエレベーターでは、操作盤の上のほうにマジックミラーをはめ込み、その内側に監視カメラとマイクをセットしてある。

男子たちは大きく口を開けて何かを叫びはじめた。操作盤にある通話ボタンを押せば、監視室と話ができるのだが、そこまでは頭が回っていない。

最初に監視カメラを見つけた小柄の男子が手の甲をこちらに向け、中指を立てるしぐさをした。監視室にいる私のことは向こうからは見えないと分かっていたが、勝負を挑まれているようで、体が硬くなった。

「あの指、何？　けがでもしてるの？」

ペアのおばさんがピント外れなことを言っている。しかし、今は、それはどうでもいい。男子五人はこれからどう出るのか。男子たちは何かを話し合いはじめた。隅で縮こまっている女の子をちらちら見ている。何かもう一言必要なのだろうか。そうだとしたら、何と言ったらいいのだろう。迷っていると、髪の毛を染めた太った男子が操作盤をいじりはじめ、ほどなくしてエレベーターのドアが開いた。五人は押し合いへし合いしながら箱を出ていった。女の子はまだ隅っこに立ちすくんでいたが、入れ替わりに入ってきたＯＬ風の女に何か話しかけられると、逃げるように出ていった。女は、床に散らばった小物や鞄をどうしようか迷っているようだったが、手早くかき集めると、閉じかけた扉を押し広げて出ていった。

私とペアのおばさんは、午前七時に仕事を終えると、めいめい帰路に就く。ペアのおばさんは三原でバイトのはしごをするので、牧志のほうに歩いていく。私は天久にあるワンルームのアパートまで四〇分ぐらいかけて歩く。そんなに歩いたら、汗をかいて大変って思われるかもしれないけれども、一晩中監視室で過ごしている私にとっては、日光浴みたいなものである。

帰宅のコースは組み合わせ次第でいくつもあるが、最近のお気に入りは、くねくねと曲がった安里の路地を上がっていくコースだ。車が通り過ぎるたびにいちいち道を譲らないといけないような狭い道なんだけれども、太い柱をそのまま大きくしたような新都心のマンションがすぐ向こうにそびえ立っているのがいかにもアンバランスで、何度歩いても、知らない道に迷い込んだような錯覚を楽しむことができた。

新都心公園まで来ると、ジョギングや体操をする人が集まっており、職場や学校に向かっている人も大勢いた。私はその人波に逆らうように歩いていく。日が高くなりかけて、右のほっぺたの辺りがまぶしい。前のほうに、細めのデニムと白いシャツを来た女の子が歩いていた。

私はひと目で、それがユミだと分かった。

ユミは天久のワンルームをシェアしている友達で、高校の時の同級生。夕方の四時から美術教室でデザインの指導を受けたあと、夜の一〇時から朝の七時まで、松山にある「スタジオA」という「朝キャバ」で働いている。朝までやってるキャバレーだから「朝キャバ」なのだそうだ。そのバイト代で、生活費だけでなく、美術教室の学費まで全部自分でまかなっているのだからすごい。与那国島生まれで、高校のときから親元を離れて暮らしているから、自分でなんとかやっていく癖みたいなものが身に付いているらしかった。

高校のころ、ユミは同級生の間で人気があったのだけれども、それはこの自立心が尊敬されていたからということが大きい。

それともう一つ。

ユミは同じ女子から見てもほれぼれするようなプロポーションをしていた。ドラえもん体型の私は、ついオーバーオールを着ちゃうんだけれども、ユミがオーバーオールを着たら、やんちゃなかわいさが出るに違いない。服のほうがユミに着てもらいたがってるっていう感じがした。顔立ちの美しさは、今こうして後ろから見ていても分かる。ユミとすれ違う男どもはほとんど全員、ユミのほうに視線を向けていく。凝視している男もいる。ユミは、そんな視線をまったく気にせず、ひたすら前を向いてアパートへ急いでいる。

地味顔の私は小走りに駆けていき、ユミの肩を叩いた。

ユミが振り返った。

「あ！　お疲れ様。ケイも今帰り？」

「うん」

「私も。きょうはお客さんが少なかったから、早めに帰されたよ。バイト代は減るけど、助かったぁって感じ。眠たくて、おもろまちで乗り過ごすところだったよ」

ユミは大きなあくびをした。息がずいぶんとお酒臭い。ユミは松山でバイトを終えると、美栄橋でモノレールに乗り、おもろまちから歩いて帰るのである。

実を言うと、私は帰り道でユミと一緒になるのではないかと予想していた。今朝、あと一五分ほどで勤務が終わろうかというころ、識別番号「MT107」というモニターにユミの頭が映っているのを見付けていたからである。

このモニターが設置されているエレベーターは、「スタジオA」が入居しているビルの中にある。私はそう睨んでいる。そのモニターの中で、ユミは普段、男の人たちと一緒に乗って、降りて、そのあとすぐに今度は一人で乗って、降りてということを一晩に何度も繰り返しているからそう思うのだ。店から帰る客を一階まで送り、そのあとすぐにエレベーターで店に戻ってくるのである。男の人にお酒を勧めるようなことに疎い私でも、それぐらいの想像は付く。

ついさっき、私の勤務が終わる直前にモニターに現れたユミは、お客さんと一緒の時に着ているような、薄くてひらひらしたドレスじゃなくて、今隣を歩いている私服姿だった。予想的中である。

私とユミは公園を抜け、県立高校の近くまでやってきた。野球部っぽい男子が二列になって走ってくる。ユミは私に寄りかかるようにして道を空けると言った。

「安里からずっと歩きだと、疲れない？」

「そうでもないよ」

「四〇分ぐらいかかるんだっけ？」

「うん」

ユミは眠そうな眼をしている。しゃべることで、眠気をごまかそうとしているのかもしれない。

私も高校生のころはよくしゃべるほうだったが、那覇に出てきてから寡黙になった。監視室のモニターで見たことを誰かに話してしまいそうになるため、何かを言う前にワンテンポ置く癖が付いてしまったのだ。「シュヒギム」といって、モニターで見たことは、家族とか友達とかにも言っちゃダメってことになっている。

今だって、どうしても言葉少なになる。ほんとは「朝の四時ぐらいまではお客さんがたくさん来てるよね」とでも言いたいところだが、松山にまったく縁のない私がそんなことを言えば、ユミは「なんでそんなこと知ってるの？」と聞いてくるかもしれない。「監視室のモニターで見てるから分かるよ」などとは、間違っても言ってはいけない。「友だちから聞いた」とでも言えばいいのかもしれないが、今度は「松山に詳しい友だちって誰？」と来るかもしれない。こうなったらもうダメである。

いかにしゃべらずに済ませるかということで頭を回転させていると、国道五八号線の近くまでやってきた。安謝橋の手前にある地下道をくぐれば、アパートはすぐそこである。ユミはあくびが止まらなくなっていた。おしゃべりも限界に来ているみたいだ。私の腕にしがみつき、きれいに整った卵型の頭をもたせかけてきた。まぶたも落ちかけている。私が支えてやらなければ、ユミはその場に座り込んでしまいそうだった。

二本の太い脚が交互に上がり下がりしている。ペアのおばさんが事務机に手を突き、かかとを宙に浮かせた状態で体操をしていた。この動きを繰り返していると、骨盤が左右に揺れて血行が良くなり、代謝も上がってくるのだそうだ。これがうまくいくと、くびれができるというのだけれど、事務机の脚をがたがたいわせているだけのようにも見える。監視室の事務机は中古の寄せ集めだった。

「ケイちゃんもやってごらんよ。座りっぱなしは体に良くないよ」

「はい」

一応、返事だけはしておかなければ。くびれができるなんて、ほんとうかな。疑いたくもなるけれども、ドラえもん体型の私としては興味が湧かないこともない。だけれども、ペアのおばさんと一緒にっていうのはどうなんだろう。私は二年前に高校を卒業したばかりである。骨盤体操に真剣にならなければならない年齢ではない。

私は椅子に腰かけたまま、ずらっと並んだモニターを見続けていた。

「おい」と「こら」の二言で不良の男子を追っ払ったのは、ここでバイトを始めて半年ほど経ったころのことだ。それからすでに一年が過ぎている。私が仕事に慣れた分だけ、ペアのおばさんには体操をする余裕ができていた。

「ぷーぷー」

ブザーが鳴った。エレベーターでだれかが通話ボタンを押すと、監視室ではこの音がするのである。私は壁いっぱいにはめ込まれた九インチのモニターをざっと見渡し、赤いランプが点灯しているモニターを探す。あった。識別番号「ＭＴ２０６」のモニターである。私はスイッチを操作して「ＭＴ２０６」の映像を大画面モニターに切り替えた。

ペアのおばさんが隣に来て、四〇インチの画面をのぞき込みはじめた。

「またいたずらだね」

モニターの中には誰も見えない。無人である。酔った勢いで、こういういたずらをしていく人が結構いるのだということは、監視室で働くようになってから知った。ペアのおばさんは気にしたふうでもなく、「何事もないならそれでよし」と言うと、業務日報にブザーの鳴った時刻とモニターの識別番号を記入し、「対応」の欄には「特になし」と書き込んだ。

この仕事を始めたころは、ブザーがいたずらで鳴るたびに腹が立った。もてあそばれるのは、だれだって嫌なものである。

しかし、ペアのおばさんはなんだか様子が違っていた。淡々と業務日誌にボールペンを走らせると、「何事もなくてよかった」とつぶやくのである。

私は一度言ってみたことがある。

「いたずらばっかりで、悔しくないんですか？」

「悔しい？　そうだねぇ。あたしも昔はそうだった。でも、長くやってると、考えも変わるんだよ」

ペアのおばさんはエレベーター監視の仕事に就いて五年ほどたったころ、いたずらのない時期が半年ほど続いたことがあるそうだ。エレベーターの中でトラブルが起こることもなく、ブザーがまったく鳴らない日々が続いた。

「そしたらね、心配でたまらなくなるんだよ」

「いいことじゃないの？」

「ブザーが故障してるんじゃないかって思っちゃうんだよ。定期点検をやってるのは知ってるけれども、それでも心配になるんだよ。エレベーターで何か起きて、だれかがボタンを押してるのに、ブザーが鳴らなかったらって考えたら、怖いでしょ？」

ペアのおばさんはほかの理由も説明した。

方々のエレベーターのボタンを押して回る高校生がいたそうだ。いたずらと言うには度を越していて、これにはペアのおばさんもいらいらした。

「でもね、この子が急にいなくなって、どのモニターにもまったく出てこなくなっちゃったんだよ」

ペアのおばさんは困った顔をして言った。いらいらの種が消えたんなら、それでいいんじゃないだろうか。

「しばらくたったら、なんだかさみしくなってきちゃってね」

「さみしく？」

「そうなんだよ。その高校生が無事に学校を卒業して、進学だか就職だかで本土へ出ていったんだろうって思うことにしたんだよ。そしたら、いなくなるのも無理ないだろ？」

ありえない話ではないが、いたずらっ子一人のためにここまで考えるとは。

ペアのおばさんは「それだけじゃないんだよ」と言った。

「そう考えるようにしたらね、なんだか、その高校生を祝ってあげたくなっちゃってね。こっちまで幸せな気持ちになっちゃったんだよ」

だからって、いたずらでエレベーターのボタンを押してもいいってことにはならないけれども、ペアのおばさんのポジティブな考え方はいいなと思った。

このところ、厚手のセーターやコートを着ている人が多くなった。頭の上のほうから順に、帽子、マスク、スカーフ、ポンチョという具合に完全武装している人だっている。これじゃあ、まるで真冬だ。

監視室に窓はないのだけれども、一つ一つのモニターが窓みたいなものだった。そこに映る人の姿を見ると、天気や季節が分かる。

朝六時を過ぎ、出勤のためにエレベーターを使う人の姿が少しずつ増えてきた。きょうのバイトももうじき終わりである。モニターの中には、傘を持った人の姿がちらほら見える。きょうは雨が降るのだろうか。久しぶりにバスで帰ろうか。

ペアのおばさんが大きく伸びをした。長袖Tシャツの上に羽織った黒いジャージが、左右に広がる。相変わらず大きな背中をしている。骨盤体操の効果は感じられない。

「きょうも真っ直ぐアパート?」

「はい」

「うらやましいね。あたしは三原まで行って二時間バイトすんの。この話、前にしただろ?」

「はい」

お互いに分かっていることをただ確認するためだけのような会話。退屈だ。ペアのおばさんもつまらなそうである。

「なんでこう、ケイちゃんは無口なのかなぁ。たまには、ちょっと変わったこと言ってごらんよ」

そんなこと言われたら、かえって何も言えなくなる。私はなおも黙っていた。

識別番号「OM206」のモニターでブザーが鳴り、赤いランプが点灯したのはそのときである。私は「OM206」の映像を四〇インチのモニターに切り替えた。

「OM」はおもろまちのことである。

エレベーターの中には、おばあちゃんがいた。カメラが後頭部の見事なカンプーを映し出しているが、服はよれよれのTシャツで、どこかちぐはぐな印象を与えていた。

ペアのおばさんは対応マニュアルに則って「どうしましたか」と呼び掛けた。

画面の中でおばあちゃんが応答した。

「あたしはどこで降りたらいいかね。あたしの部屋、何階にあるか教えてごらん」

この手のお年寄りは珍しくない。認知が入ってきてるのに、周りにいる人がまったく気付いていないのだろう。ペアのおばさんは慣れた口調で対応しはじめた。

「おばあ、一階のボタン、分かります？　今しゃべってるところに数字の書いた丸がいっぱい並んでるでしょ？　その中に、『1』って書いたのがあるから、それを押してくださいね」

モニターの中で、おばあちゃんが手元を動かしはじめた。画面がわずかに揺れ、エレベーターが動きだしたのが分かった。おばあちゃんはじっとしている。画面が再び小さく揺れ、ドアが開いた。エレベーターが一階に到着したようである。おばあちゃんは外へ出ていった。

このあと、だれかに出会えば、今度はその人がフォローしてくれるだろう。

「業務完了」

ペアのおばさんがそう言うと、私は時計を見た。午前六時一二分だった。

私は話を元に戻し、ペアのおばさんに聞いてみた。

「三原のバイト、難儀じゃないですか？」

「そうそう。そういうふうにさ、ケイちゃんのほうからもたまには話しかけてこなきゃ。二人しかいないんだから、おしゃべりだってうまくやらなきゃ」

「はい」

「ま、おしゃべりの件はどうでもいいけど、三原のバイトはねぇ、そりゃ難儀だよ。でも、なんていうのかな、夜の仕事で、しかもこんなところに閉じこもってたら、体に悪いじゃないか。人付き合いだってできなくなっちゃうだろ？　さみしいじゃないか」

私はモニターの列を眼で追いながら、ペアのおばさんが話すのを黙って聞いていた。素っ気ない態度に見えるかもしれないけれども、監視室で働く人はだいたいみんなこんな具合である。どんなにおしゃべりしたって、眼と耳は働かせ続ける。

ペアのおばさんは自分で言葉を継いでいった。

「ケイちゃんは友達と住んでるんだっけ？　一緒に住んでる人がいれば、人付き合いがないってこともないけど、あたしの場合はね」

最後はため息が混じる。

ペアのおばさんは結婚してすぐに夫を飛行機事故で亡くし、再婚することなく一人で暮らしていた。

私はペアのおばさんの横顔を見た。眼を閉じたままうつむいている。旦那さんのことを思い出して、涙をこらえているのだろうか。

「はぁ、やっぱり眠たい」

なぁんだ、そういうことだったのか。眠気をこらえていたのか。

私は再びモニターの列に視線を戻した。

「ぷーぷー」

また「OM206」である。

「まただ」

私はそう言いながら、映像を四〇インチに引っ張った。ペアのおばさんも頭を上げ、モニターを見た。

「同じおばあだね。あの頭は」

さっきと同じカンプーとよれよれのTシャツである。おばあちゃんは操作盤をいじっている。ほどなくして声が聞こえてきた。

「そっちにまだだれかいるかい」

「はい」

私は答えた。

「おお、まだいるんだね。悪いけど、買い物頼まれてくれないかい?」

私とペアのおばさんは顔を見合わせた。スピーカーはなおもおばあちゃんの声を送ってくる。

「おーい、買い物。買い物行ってきて」

「そういうことはできないんです」

私は言った。

おばあちゃんは納得しない。

「いいじゃないか、それぐらい」

私はまたペアのおばさんを見た。ペアのおばさんはモニターを凝視している。真剣な眼差しである。そして何度かうなずくと、私の口元にあるマイクを自分のほうに向けて言った。

「おばあ、分かったよ。だけど、あしたにしようね。きょうは無理だよ」

「そうかい。じゃあ、あした頼むよ」

引き受けちゃうの？　エレベーターからの依頼を？　ほんとに？　私の中にはいくつもクエスチョンマークが浮かんだけれども、あまりにあっさりと話が付いてしまったので、言うに言えなかった。

ペアのおばさんは「ちょっと待ってね」といいながら、財布を出すと、中からレシートを探し、事務机の上にひっくり返した。そして、おばあちゃんが言うままに、買い物のリクエストをメモしていく。ゴーヤ、玉ねぎ、にんじん、牛乳、そのほかにもいくつかこまごまとしたもの……。

一通り話を終えると、ペアのおばさんは言った。

「おばあ、あたしじゃなくて、若い子が一人いるから、その子が持っていくよ。ケイちゃんっていうからね」

「え？」

私は思わず声を上げた。ペアのおばさんはマイクを手のひらで覆い、声が向こうに伝わらないようにすると、私に言った。

「心配しなくてもいいよ。きょうの晩、出勤するついでに買い物してくるから。あんたは、勤務明けに届けてあげなよ。帰るついでに」

私は「でも、それは」と言ったが、ペアのおばさんは取り合わず、マイクから手のひらを外すとおばあちゃんに話しかけた。

「おばあ、何号室ね？」

「イチクージェロニー」

「一九〇二だね。分かったよ。じゃあ、気を付けて戻ってね」

「ありがとう。じゃあ、戻らせてもらうよ」

通話は終わった。おばあちゃんはしばらくするとエレベーターを出ていった。

私は釈然としなかった。素性の分からない人にそこまでする必要があるのか。エレベーターから声を掛けてくる人みんなにかかわっていたら体がいくつあっても足りない。バイト代だって出ない。タイムカードを押したあとも、ずるずると職場に居続けるみたいだ。

考えているうちに、私はうなだれていった。背中は丸まっていく。

私が体で拒絶の意志を示していることは、ペアのおばさんにも伝わったらしい。

しかし、である。

「あたしはやるよ。少し遠回りすれば、あたしにだって届けられないことはない」

一人でもやるというのだ。ペアのおばさんの顔を見ると、さっきまで「OM206」の画像が映っていた大型モニターを睨みつけている。おばあちゃんに話しかけていたときの、まるで赤ん坊をあやしているような柔らかい顔とは大違いである。私は少し怖くなってきた。

私がおばあちゃんのところに行かなかったとすれば、ペアのおばさんは監視室の仕事を終えた後、三原の惣菜店に行く前に、おもろまちへ行くことになる。モノレールを使ったとしても、三原のバイトに間に合わないかもしれない。余計な出費にもなる。

私が買い物袋をおばあちゃんに届ければ、おばあちゃんもペアのおばさんもどちらも助かる。

私はペアのおばさんに尋ねた。

「ついでにちょっと寄るだけですよね」

「もう、いいよ。やりたくないんだろ」

ペアのおばさんは、両の眼をきゅっとつむった。こんなときに眠気を追い払おうとしているの？　いや、違う。今度は泣きそうになっているのだ。私はあわてた。つい口数も多くなる。

「やりたくないとは言ってません。私にできるかどうか確かめたいんです」

「あんたにも簡単にできることだよ。あたしが買ってきたものをただ届けるだけじゃないか」

娘を諭すような言い方をする。私は黙ってうなずくしかない。バイト代の話も、ひっこめることにした。ペアのおばさんが「あたしが払うよ」と言いそうだったからだ。

「たまにはあたしも買い物に行けないことがあるから、そのときには、あんたに頼むつもりだけど、それくらいなら、なんとかできるだろ?」

ペアのおばさんは探るような眼つきで、私の眼を左、右と、一つずつ覗き込んだ。

「分かりました」

私は返事をするとき、ため息が混じらないように気を付けた。

「そうかい。じゃあ、さっそくあしたただね。おばあ、喜ぶはずよ」

ペアのおばさんは、十歳以上若返ったような笑顔になった。私は、くるくると変わる表情に説き伏せられてしまった。


翌日、私が監視室に出勤してみると、お出迎えとでもいうようにペアのおばさんが走り寄ってきて、「ちょっと来てごらん」と言いながら私を給湯室に引っ張っていった。そして、小型冷蔵庫のドアをがちゃりと開けた。

「ほら。これ」

そう言うと、自分は監視室に戻っていった。仕事のほうは引き受けておくから、明日の朝届けるものをよく確かめておけということらしい。

冷蔵室にはゴーヤや玉ねぎが並んでいる。扉の内側にある飲み物用のラックには牛乳が立っていた。明朝、私はこれを高層マンションに持っていくことになるわけだ。モニター越しにしか見たことのない人に会うために、行ったことのない高層マンションを訪ねる。今朝の通話では、ペアのおばさんだけがしゃべったので、私は言葉も交わしていない。その相手のもとに、私は野菜や牛乳を持っていくのである。考えているうちに、緊張してきた。

監視室に戻ると、ペアのおばさんはいすには座らず、事務机に手を突いて脚を交互に動かしながら、モニターを眺めていた。

「どうだい？」

「はい？」

「だから、あたしが買ってきたものはどうだいって聞いてるんだよ」

「ええ。いいと思います」

「いいと思うって、そんな。ケイちゃん、そういうんじゃなくて、『おばあ、喜ぶだろうね』とか、そういうのはないの？」

「そうですね」

ペアのおばさんは、骨盤の動きに合わせて首を左右に振った。

「まぁ、いいよ。ケイちゃんだから、仕方ないさね」

かかとを宙に浮かせた脚は相変わらず動き続けている。ジャージのズボンをはいた腰回りも相変わらず太く張っている。

「効果ありますか？」

「え？」

「その体操のことです」

「知らないよ。暇だからやってるだけだのに」

今は、体操の効果どころではないのかもしれない。おばあちゃんから頼みのあった買い物を無事にやってあげられるのか。正確に言えば、私がおばあちゃんのところに買い物をちゃんと届けるのかどうか、ペアのおばさんは半信半疑らしかった。

翌朝、勤務が終わる一〇分前になると、ペアのおばさんは私にレシートを渡しながら言った。

「引継ぎの準備は私がやっとくから、ケイちゃんはおばあに持っていくものを買い物袋に詰めておいてくれるかい?」

レシートの裏には、おばあちゃんから聞き取った買い物のリストがメモしてある。

私はそれを持って給湯室に入ると、一つ一つ確かめながら、小型冷蔵庫の中のものを買い物袋に詰めていった。間違いがあったからといって咎められることはないだろうけれども、レシートの裏を入念にチェックしながら野菜や牛乳を取り出していく。私は気が張っていた。

「それでね、このおばあちゃん、おもしろいの」

「沖縄のおばあはだいたいおもしろいよね」

ユミはくすくす笑いながらワインボトルを手に取り、自分のグラスに注ぐと、「何があったわけ?」と言った。

私はユミと浮島通りでランチをしながら、おもろまちの高層マンションにおばあちゃんの部屋を訪ねた時のことを聞かせていた。監視室で通話していることは伏せておいて、ペアのおばさんの頼まれものを届けにいったというふうに話していたのである。

中庭に面したテラスに座っていると、バナナのような大きな葉っぱが、隣に建っている赤瓦屋根の軒に届きそうになっているのが見えた。この店はユミお薦めの洋食屋で、「スタジオA」で一緒に店に出ている女の子たちの間で「オーガニックでおいしい。店のつくりもヘルシー」と評判になっているのだそうだ。日差しはまぶしいし、蒸してもいたけれども、「いつも不健康に暮らしてるから、暑くても外の席がいい」とユミが言い、外の席にしたのだった。

私は言った。

「おばあちゃん、私に何したと思う?」

「なんだろ。身体検査とか? 飛行機に乗るときみたいなやつ。不審者かもしれないもんね」

ユミはサングラスのつるに手をやりながら頬杖を突いたが、すぐに居住まいを正した。料理が来たのだ。ユミはシーフードパエリア。これが一人前なのかと思いたくなるような大皿だ。それなのに、ユミは、私のタコライスの中華風をちらちらと見て、「ちょっともらっていい?」などと言っている。私はワインの入ったグラスを持つと、乾杯のしぐさをして少し飲んだ。ユミはタコライスの中華風をフォークで突っつこうとした。

私は言った。

「身体検査っていうのはいい線かも」

「ほんとに?」

ユミはサングラスを外した。真顔になっている。そして、背筋を伸ばし、両手を前に組むと、落ち着いた口調で言った。

「ねぇ、何があったの? 話したくなければ、話さなくてもいいよ。話してくれたとしても、だれにも言わない。絶対に。スタジオAの女の子にも、身体検査とかっていって、小さいころに変なことされた子がいるの」

私がおばあちゃんの部屋で体験したのは、そういう身体検査ではない。

「なんか誤解してるみたいだね」

ユミはゆっくりと首をかしげながら、パエリアのエビをフォークで刺した。私はその手つきに釣り込まれるようにタコライスを一口食べた。麻婆豆腐みたいな味だ。チリソースではなく、中華料理用の辛みを使っているのかもしれない。

私はユミに言った。

「このおばあちゃん、私の身長を測ったの」

「身長？　なんで？」

ユミは声を裏返らせていた。ぽっかりと開いた口の前で、エビが宙に浮いている。

私が買い物袋を持って初めておばあちゃんの部屋を訪ねたとき、おばあちゃんは玄関から中に入れてはくれたのだけれども、すぐには上げてくれなかった。ドアの前に私を立たせると、「動かないように」とぴしりと言ったのだった。そして、バケツを逆さにしたような形の踏み台を持ってくると、そこに上がって私の頭のほうに眼を凝らした。

「おばあちゃん、そのあと『よし』って言って、それでようやく部屋に入らせてくれたの」

「それが身長を測ったって意味？」

「そう」

おばあちゃんの部屋のドアには、内側に巻尺のようなものが張ってあり、玄関の靴脱ぎのところに立つと身長が測れるようになっていた。おばあちゃんは私の身長を確かめて、部屋に入ってよしと判断したわけだ。巻尺のようなものには、長さを示した数字と並んで、漢字がずらっと続いていた。漢字は、黒い文字のグループと赤い文字のグループが交互にプリントしてあって、身長が赤い文字のところに来る人は玄関から先に入ってよく、黒い文字の人の場合はＮＧである――。

私が説明していると、ユミの眼元は厳しくなっていた。オカルトっぽい話ではあるけれども、笑い話のような話でもある。ちょっと険しすぎるんじゃないかな、ユミの顔。

ユミはその表情を崩さず言った。

「ケイは身長何センチ？」

「一五三センチ」

「靴を履いてると、一五五センチぐらいにはなるね」

ユミはフォークを置くと、隣の椅子に置いてあるハンドバッグを探りはじめた。なんだか展開が読めない。私はタコライスを食べながら、ユミの手元を見ていると、小さな巻尺が出てきた。アパレル系の女性がいつもポケットに入れていそうなメジャーで、私はこういうので寸法を取ってもらうことはほとんどない。測られるようなことになるのを避けてもいる。ユミはなんの抵抗もなく測られるだろうが、私には縁遠いメジャーである。

「見てみて」

ユミは私の前にメジャーを置いた。私はスプーンを置くと、メジャーを伸ばしてみた。

「うん。こういうのだよ」

おばあちゃんの玄関に張ってあるのとまったく同じものだった。「宝庫」とか「迎福」とかいう赤い文字で始まり、六センチぐらいのところで「退財」という黒い文字が出てくる。財が退くだなんて。お先真っ暗って感じの言葉だ。その点、赤い文字のところは、そのものズバリ、「大吉」っていうのがあったりして、うきうきしてくる。

「なんで持っているの？」

私は尋ねた。ユミは答えず、別のことを言った。

「一五五センチのところはなんて書いてある？　赤い文字でしょ？」

ユミに言われるままに確かめてみると、「富貴」「財徳」と赤い文字で書いてあった。そう。これだ。お金持ちっぽくて、人格者みたいな感じのするこの文字。

「これ、なんでユミが持ってるの？」

私がもう一度聞くと、ユミは店員に声を掛けて鉛筆を借りると、テーブルの隅に立ててある紙ナプキンを広げた。

「魯」。

「班」。

「尺」。

ユミが紙ナプキンに書いたのはこの三文字だった。

「最初のこれ、なんて読むの？」

「ロ」

「じゃあ、ロ、ハン、シャク」

「そう。『魯班尺』って書いて『ロハンシャク』。風水で使うから、『風水メジャー』って呼ぶ人もいるけどね」

ユミはそう言うと、フォークでパエリアをすくった。食べるというより、間を持たせるために手と口を動かしているみたいだ。サフランの黄色はつやがなくなっている。私は、あったかいうちに一口つまみ食いしちゃえばよかったと後悔した。

私は聞いた。三度目である。

「ユミがどうして？」

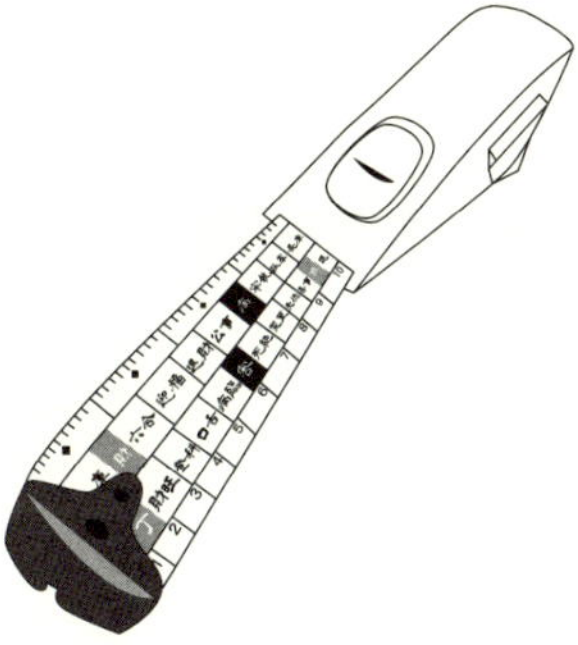

「私が那覇に出てくるとき、ばあちゃんが『迷ったことがあったらこれで調べろ』って渡してくれたの。赤が吉。黒が不吉」

「ユミのばあちゃんは何で？」

「私のばあちゃん、台湾人なの。ほら、ここ。なんて書いてあるか分かる？」

魯班尺の取っ手のところを見ると、「臺灣製 made in TAIWAN」と小さく書いてあった。

「私が那覇に出ることが決まったあとに、ばあちゃんがわざわざ台湾まで行って買ってきたの。台湾だと、こういうメジャーが普通に売られてるんだって。沖縄でも大工さんで使う人がいるみたいよ。で、ばあちゃんが言うには、なんか迷ったら、これで長さを測って、赤い文字の長さになっているものを選べばいいってことらしいの」

「台湾人はみんな持ってるの？」

「そうではないと思う」

「ユミみたいな人ばっかりではないんだ」

「え？　私、台湾人じゃないよ」

「でも、おばあちゃんは……」

私がそう言いかけると、ユミは遮った。

「おばあちゃんが台湾人だからって、私が台湾人ってことはないよ」

「でも……」

おばあちゃんが台湾人なら、孫も台湾人なんじゃないだろうか。

「でもなに？　お母さんは確かに台湾人の血を引いてるけど、お父さんは普通の与那国の人だよ。私だって、与那国で生まれて、与那国で育ってるから」

ユミはそう言うと、フォークを置いてスプーンを持った。

私はユミのいうことをうまく飲み込めず、「そうかな」と首を傾げた。ユミは怒ったように言った。

「そうなの。それでいいの。それから、私のばあちゃんが台湾人ってだれにも言わないでね」

「なんで？　ばあちゃんが台湾人なんて、なんかいいと思うけど」

「どこが？」

そう言われると困ってしまう。なんとなくそう思っただけなのだから、うまく答えられない。こんなふうに突っかかってくるなら、巻尺の話なんかスルーしてほしかった。

ユミは顔の真ん中に眼と口を寄せるようにして言った。

「ほら。ほんとは別にいいとか思ってないくせに」

「そんなことないよ」

「じゃあ、なに？」

「グルメっぽい」

私は苦し紛れに言った。

「は？」

「一気に痩せられるツボとか知ってる」

「そんなわけないでしょ。なんかそういうの嫌なの。台湾の人はこういう感じとかって、根拠もなく言われるの」

「そうなんだ」

「そうなの」

ユミはパエリアを勢いよく食べはじめた。

かちゃかちゃ。かちゃ。

スプーンが音を立てる。ユミは顔を上げずにむしゃむしゃと食べている。当て付けみたいに食べている。それでも全然太らないんだから、うらやましいったらない。

やっぱり痩せるツボとか知ってるんじゃないだろうか。

私は仕方なくタコライスを食べることにした。すっかり冷えていたけれども、熱さに邪魔されない分、辛みの元がなんなのか分かりやすくなっていた。

「豆板醤だ」

私がつぶやくと、かちゃかちゃという音が止まった。ユミはスプーンの矛先を変え、私の皿からタコライスの中華風を少しだけ取って食べた。

「麻婆豆腐みたいな味。だから、中華風なんだね」

「うん」

ユミは二口、三口とつまみ食いを続けている。

ユミは実は台湾のことをもっと話したいのかもしれない。私が的外れなリアクションをしたもんだから、黙ってしまったけれども、実は。あんなに突っかかってくるんだから、何かあるに違いない。

私は言った。

「ユミのおばあちゃんってさ」

ユミはスプーンを口に突っ込んだまま、顔を上げた。私はもう一度言った。

「ユミのおばあちゃんってさ、料理に豆板醤とか使ったりする?」

「使ってるみたいよ。小さいころ台所で料理するの手伝ったことあるよ。でも、私からしてみれば、そんなふうに言うのはやっぱり変なんだよ。日本人だって麻婆豆腐を作るときにはやっぱり豆板醤でしょ？　ここのお店の人は、タコライスに豆板醤を使ってるから台湾とか中国とか香港とかの人っていうことになる？　別にそんなことないでしょ？」

もっともだった。じゃあ、魯班尺を持つっていうことも、台湾人とか日本人とかっていうのとは無関係なのだろうか。ユミにそう言いかけたとき、ひらめいたことがあった。

「ねぇ、行ってみる？」

「どこに？」

「高層マンション」

ユミはつまみ食いをやめると、パエリアの残りを片付けにかかった。そして、私に尋ねた。

「いつ行くの？」

「今度聞いてみるよ」

ユミは口をもぐもぐさせながら、何度かうなずいた。

私は、ユミを魯班尺の前に立たせてみようと思った。


ペアのおばさんはこのところ、ウエスト回りをボタンで留めるズボンを穿いてくるようになった。お腹とか腰のところで肉が膨れ上がっているので、きつきつのところを無理に穿いているわけだけれども、今まではゴムで伸び縮みするジャージだったのだから、もしかすると、体操の効果が出始めているのかもしれなかった。

今も、事務机に手を突いたいつもの姿勢で脚を上下させながらモニターを眺めていた。事務机の脚が不揃いになっているところには新聞広告を折りたたんで挟んだので、がたがたいう音は収まっている。

ペアのおばさんの視線が「ＯＭ」で始まる識別番号のモニターの辺りに向くのを

待って、私は言った。

「おばあちゃん、どうですか」

「うーん。姿が見えないね」

「そろそろですよね」

高層マンションのおばあちゃんが私たちに買い物を頼むのは一〇日に一度ぐらい。私が最後におばあちゃんのところを訪ねてから、一週間と少し経っているので、そろそろおばあちゃんがモニターに姿を現してもいいころだった。

「最近、変わったことはないかい？」

「特に。毎日バイトですから」

「ケイちゃんのことじゃないよ。おばあちゃんはどうだいって意味」

「あ、そうか」

そういえば気になることがあった。

「デイサービスやめたらしいですよ」

ペアのおばさんは、脚の動きを止めて私を見た。

「どうして？」

「分からないけど」

「そうかい」

ペアのおばさんの両脚がまた動き出した。

私が買い物を届けるようになったころ、おばあちゃんは火曜日と金曜日の週二回、「久茂地デイライフ」というデイサービスセンターに通っていた。居間の柱には、「久茂地デイライフ」が用意した月めくりのカレンダーが掛かっていて、デイサービスのある日に丸印がしてあった。金曜日のところには、シャワーヘッドからお湯が噴き出したイラストのシールが張ってあり、それは入浴のサービスがあることを表していた。

おばあちゃんは「金曜日は、午前中はお風呂に入れてもらって、お昼。おばあみたいになるとさ、お風呂に入るのも大変わけ。お風呂は滑るだろ。体を洗うのも難儀だしさ」と真剣な顔つきで話し、私が「金曜日は楽しみだね」と言うと、うんうんと何度もうなずいたのだった。

ところが、この前買い物を届けにいくと、月めくりのカレンダーがなくなっていた。

おばあちゃんに尋ねると、「デイサービスにはもう行かないことにしたから」という答えだった。そして、「その代わり」と言葉を継ぎ、「デイサービスよりもっといいところを見付けたよ。今度、あんたを連れてってあげる」と言ったのだった。

ペアのおばさんは私の説明を聞き終えると、首にかけたタオルで額に浮き出た汗をぬぐい、給湯室へ入っていた。そして、水の入ったペットボトルを持って出てくると、事務机の前に座ってごくごく飲んだ。

「大丈夫ですか?」

運動もしすぎると良くないという話を聞く。

「あたしは大丈夫だけど、問題はおばあだよ。なんでデイサービス、やめちゃったんだろうね。ああいうのはボケ防止にいいっていうんだけどね」

私はその理由をおばあちゃんから聞かされてはいたのだけれども、口に出して言っていいものなのかどうか迷っていた。

「ケイちゃんを連れてくってところは？」

「どこなんでしょう」

「分かんないか。なら仕方ないね」

ペアのおばさんはおとなしく引き下がったが、私はまだ迷っていた。聞く人が聞いたら、ずいぶんと変なことだけに、告げ口をするようで、話すのをためらってしまう。しかし、先々のことを考えると、ペアのおばさんには伝えておいたほうがいいかもしれない。

私は思い切って言ってみることにした。

「おばあちゃんは『神様を探すためにデイサービスに行ってた』って言ってました」

「そうか。探し物があって。じゃあ、見つかったんだね、その……、今なんて言った？」

「神様、です」

ペアのおばさんは急に不機嫌な顔になり、ペットボトルの水を飲みだした。

「ケイちゃん、冗談のつもりかもしれないけど、そういうのは良くないよ。年寄りに神様なんて、不吉じゃないか」

お年寄りと並べちゃいけないのは仏様だったんじゃないかな。神様なら、不吉ってことはないはず。でも、今は、そんなことは重要じゃない。

私は言った。

「ほんとうです」

「ってことは、神様が見つかったからデイサービスをやめたってことになるけど、それでいいかい？」

「いいかい？」と言われても困る。「若い人は信じないかもしれないけど、その土地にはその土地の神様がいる。そこに住んでいる人たちが毎日安心して暮らせるようにっていう、当たり前の願い事をしたいんだけど、年寄りが歩き回って探すわけにもいかない。年寄りの集まるところに行けば、だれかが知ってるんじゃないかってデイサービスを申し込んだわけ」。おばあちゃんが私に話したのはだいたいこんな感じのことである。

そのとき、ブザーが鳴った。識別番号「OM206」のモニターだった。画面の中には、後頭部に結われた見事なカンプーが映っていた。私は思わずペアのおばさんを見た。

おばあちゃんは、私とペアのおばさんの間にちょっとだけ険悪な空気が流れていることを知る由もない。いつものように買い物を頼み、ペアのおばさんは慣れた手つきでレシートの裏に書き取っていく。

「昆布と大根とにんじんね。それと、カモもお願い」

「カモ？　鳥のカモですよね？」

「ほかにないだろ、カモって。丸ごと蒸したやつだよ」

ペアのおばさんは、うーんと唸った。ボールペンの尻であごの辺りを叩いている。

「おばあ、この買い物、届けるのは三、四日してからでもいいかい？」

「いいよ」

「カモなら、飼ってる人に頼んでこしらえてもらったほうがいいと思うんだよね」

「うん。そうしておくれ」

「それとね、今度はケイちゃんじゃなくて、あたしが届けるね」と言って、通話を終えた。

私は明日、ユミと一緒に帰省することになっていた。年明けの四日に石垣島で成人式があるので、今年は里帰りするのである。

私はペアのおばさんに尋ねた。

「カモって、簡単に手に入るんですか？」

「一羽丸ごとっていうのはどうかな。年寄り一人でカモを丸ごとっていうのも不思議な話だけどね」

ペアのおばさんは、明日の朝、三原の惣菜店でバイトを済ませたら、栄町市場に寄ってみるつもりだと言った。


新しい石垣空港ができてから、石垣に行く飛行機代は安くなった。那覇と石垣を結ぶ飛行機会社が増え、料金をどこまで安くできるか競争しているのだそうだ。おかげで、帰省の交通費を節約できたので、成人式の振袖をレンタルするときには、ショールを付けてもらったり、ちょっと高めの帯にしてもらったりすることができた。

だからといって、いいことばかりじゃない。新しい空港は街から離れすぎていて、実家に戻るにはバスで四〇分ぐらいかかる。

本当は、私たちが帰省したその日は、お母さんに空港まで来てもらう予定だったんだけれども、ドタキャンになってしまった。お母さんはホテルの客室清掃の仕事をしているので、年末年始は基本的にフル回転。そこを無理して迎えにくるつもりだったらしいのだけれども、人手が足りないってことで休めなくなってしまったのだ。お父さんはといえば、五年前に本土の建設現場に働きにいったまま消息不明。正月に合わせて、ひょっこり帰ってきたなんてこともありそうにない。

そんなわけで、私とユミは片道四〇〇円ちょっとのバス賃を払って街に戻ってきた。ユミは与那国島で成人式に出るのだけれども、今晩は高校の同級生で集まることになっていたので、ユミは私と一緒にそれに出て、与那国島には明日の飛行機で戻るのだった。

石垣島はその日、いかにも石垣島らしい冬空だった。低く広がった灰色の雲から細かい雨が降っている。

バスはほぼ満員で、ほとんどが観光客だった。私とユミは吊革につかまって立っていた。街路樹の向こうにさとうきび畑が続いている。

バスの外に学校が見えてきた。校庭に大きなデイゴが生えている。小学生が野球をしていた。

「雨なのに」

私がそうつぶやくと、ユミは少し笑った。

「これくらいの雨なら、どうってことないんじゃない？」

「そうかも」

窓の外はまたさとうきび畑になった。

「天気は悪いけど、私はこういう風景好きだな。これこそ八重山の冬って感じしない？」

「これこそ八重山の冬」っていうところは同意見だけれども、私にはちょっとした疑問も湧いた。

ユミは前からずっとこういう景色が好きだったのかな。久しぶりの八重山だから、眼に入るものが懐かしくて、好ましく感じられるということはないのだろうか。高校のときの担任が卒業式のあと、「島の外に出ると、島のことがよく見える」なんてことを言っていたけれども、ユミは今、島のことがよく見える状態になっているのかもしれなかった。

バスは停留所ごとに乗客を少しずつ増やしていく。スーパーの前では、七、八人が買い物袋をがさがさいわせながら乗ってきたので、私とユミはぴったりと隙間を詰めてスペースを開けた。

私は聞いた。

「ねぇ、お土産どうする？」

「来たばかりなのに、もう帰る話なの？　まぁ、決めてはいるけどね。ちんすこうにするよ」

「沖縄にもあるじゃない」

「与那国島の粗塩を使ったちんすこうがあるんだって」

「塩？」

「そう。塩って、甘みを引き立てるでしょ？　スタジオAのマネージャーに買ってきてって頼まれたの。お客さんに出すんだって。そうだ。領収書、もらわなきゃ」

「それはお土産？」

「違うかも。仕事だね。バイト代は出ないけど、それくらいなら手伝ってもいいかな」

ユミは肩をすくめた。

「ちんすこう以外は？」

「かまぼこ？」

「日持ちはするのかな」

「ケイはだれに買ってくの？」

「おばあちゃん」

「買い物届けてるおばあのこと？」

「そう」

「おばあとかって、何がほしいのかな。食べ物かな。石垣牛は?」

「高い」

「クッキーとかは?　日持ちはするでしょ?」

「入れ歯だからなぁ」

「じゃあ、飲み物か。泡盛は?　あ、花酒がいいよ。六〇度のやつ。あれは飾りにもなるよ」

ユミはものすごくアルコール度数の高い泡盛のことを言った。これも与那国島のやつである。八重山ならではのものだし、飲まなくても、料理に使ったりできる。

「どこで買えるの?」

「要るなら、与那国で一本もらってくるよ」

「そう?　じゃあ、考えてみる」

「私も、お店に一本持っていこうかな」

「お土産を持っていくとき、一緒に行かない?」

ユミと肩がくっ付くぐらいになりながら、私は尋ねた。

そもそも、石垣に来て早々に私がお土産の話を持ち出したのは、ユミを魯班尺の前に立たせるための下準備という意味があった。里帰りのあと、お土産を渡すために訪ねるのであれば、おばあちゃんもユミも自然に顔を合わせられるんじゃないだろうか。明日には、ユミは与那国へ行ってしまうし、きょうにしたって、実家に荷物を置いたらすぐに同級生との飲み会が待っている。おばあちゃんの高層マンションへ行く話をするなら、今を措いてほかになかった。

ところが、ユミは私の誘いを勘違いして、眼を見開いた。

「え？　ケイがスタジオAに来るの？」

「いや、そうじゃなくて」

「スタジオA」には行ったことがないけれども、自分自身が「スタジオA」にとってどれだけ場違いな存在かということぐらい分かっている。

「おばあのとこに、私が一緒に行く？」

「そういうこと」

ユミは窓の外をちょっと眺めて言った。

「行くんだったら、そういうときがいいのかな。だけど、ほんとに行っていいの?」

「ちゃんと聞いてみるけど、おばあちゃんがＯＫだったら、いいでしょ?」

ユミは外を見たままでうなずいた。

雨は上がったのかもしれない。道路のアスファルトが乾きかけていた。


年が明けて、監視室に初めて出勤すると、ペアのおばさんは事務机に屈みこむようにして何か作業をしていた。ペアのおばさん自身が「背中を丸くしたままで何かをするっていうのが一番体に良くないんだ」と常々言っているその良くない姿勢である。そして、この姿勢が理由で常々行っているのが両脚を上げ下げする運動である。筋力を付け、骨盤や背骨への負担を軽くしてやることで、猫背から来る疲れやすさや節々の痛みをやわらげることができるというのがペアのおばさんの持論だった。

事務机がとんとんという音を立てた。硬くもなく、柔らかくもないものを当てたような音である。

「何しているの？」

「これ」

ペアのおばさんは猫背のまま、左手に持ったものをこちらに見せた。小さな紙が何枚か束ねてある。

「こうしとけば、何かの時に使えるだろ？」

レシートの束を洗濯ばさみで挟み、事務机の上に置いておくというのである。この即席のメモ帳は、おばあちゃんの買い物にも使えそうだ。

ペアのおばさんは「よし、できた」と言うと、腰に手を当てながら立ち上がった。脚の上げ下げ運動を始めるのである。

と、そのとき、ブザーが鳴った。

「ぷーぷー」

識別番号「OM206」のモニターで赤いランプが点灯している。ペアのおばさんはまた座ると、できあがったばかりの即席メモ帳に手を伸ばした。

画像を四〇インチに引っ張ると、果たしておばあちゃんだった。

ペアのおばさんはマイクに向かって頭を下げた。

「あけましておめでとうございます」

おばあちゃんも深々と頭を下げて返し、「旧年中は誠にお世話になりました」と言った。真ん丸に渦を巻いたカンプーが監視カメラに向かって倒れてきた。私はそのときになって、ペアのおばさんに新年のあいさつをしていなかったことに気付いた。

ペアのおばさんはおばあちゃんに尋ねている。

「正月は何してましたか?」

「ずっとマンションにいたさ。正月料理もちゃんとつくったよ」

「買い物もたくさんだったもんね。丸まんまのカモっていうのはどういうふうに食べたの？」

ペアのおばさんはカモを一羽まるごと蒸したものを手に入れ、おばあちゃんに届けていた。栄町市場でいつも野菜を買っている店に相談したところ、店主の知り合いが伊江島でカモを飼っていることが分かり、蒸したのを至急送ってくれるよう店主から電話で頼んでもらったというのだ。かかった費用はおばあちゃんが払うことになるのだが、それにしたって、買い物の依頼にここまで徹底して応えようとするのは普通ではない。私はペアのおばさんを尊敬できるような気がした。

そのカモをおばあちゃんはいったいどうしたというのだろうか。私も気になる。

「ご先祖さんにお供えしてから、いただきましたよ」

「仏壇あるの？」

「ないから、西のほうにお供えを並べて、手を合わせたってわけ」

「西？」

「そう。西に向かってお供えして、ぶつ切りにして、しっかりいただきました。三日で食べきったよ」

「すごい食欲」

「食べるだけじゃないよ。骨もしゃぶるんだよ」

「しゃぶる？」

「あんた、カモの肉を食べたら、そのあとどうする？　骨は食べないで捨てるだろ？　あたしは骨を口の中に入れておいて、骨のエキスまでちゃんと食べるよ。カモで一番うまいのは骨だよ」

「そんな食べ方するんだ。へー」

私もペアのおばさんと同じぐらい感心していた。

「あんたも来ればよかったのに」

「そういうわけにもねぇ。で、きょうは？　ご注文をおうかがいしましょうか」

ペアのおばさんが御用聞きの口調になって言うと、おばあちゃんは買い物のリストを挙げていき、最後に「頼むね」と言った。ペアのおばさんが「じゃあ、あさっての朝に」と答え、通話が終わりそうになったので、私はペアのおばさんにマイクを代わってもらった。おばあちゃんに伝えておきたいことがあった。インターフォンの通話にしてはありえないくらい長くなっちゃうけれども、仕方ない。

「おばあちゃん、あけましておめでとうございます」

おばあちゃんは再びカンプーをこっちに向けて、律儀に頭を下げた。

「いつか、友だち連れてっていいですか?」

「彼氏かい?」

「違います」

ペアのおばさんが「ふふ」と、鼻だけで笑った。「ふふ」ってなんだ。彼氏がいなくて悪いことあるか。おばあちゃんはなおも聞いてくる。

「じゃあ、だれ?」

「一緒に暮らしている友達です」

「じゃあ、彼氏じゃないか」

「女の子です」

「ふーん」

「ねぇ、連れてっていい？」

私は甘えるように聞いてみた。

「いいよ。でも、来るんなら、三月にしなさい。神様のところに連れてってあげるよ。みんなで一緒に行ってみよう」

「神様？」

「そうだよ」

「デイサービスの？」

「よく覚えているね」

神様を探すためにデイサービスに行くなんて話、珍しすぎて、なかなか忘れられない。

私が「はい。覚えてます」と答えると、おばあちゃんは「じゃあ、お先に失礼するよ」とあっさり通話を切り、操作盤をいじりだした。ドアはすぐに開いた。

おばあちゃんがモニターから消えると、ペアのおばさんは深く息をつき、感心したように言った。

「神様の話って、ほんとうだったんだね」

「そうですよ」

ペアのおばさんは私の話をやっぱり疑っていた。なんだかおもしろくない。

「どんな神様なのか、私にも教えてちょうだいね。興味湧いてきたぁ」

勝手なものである。まったくもう。


ユミと一緒におばあちゃんを訪ねることになったその朝、私たちは高層マンションのすぐ近くにある公園で朝七時半に待ち合わせることにした。

私はバイトが終わったらいつもそうしているように、監視室を出ると、安里の路地をくねくねと上がり、おもろまちに向かった。待ち合わせの公園までは一五分ほどしかかからない。

ユミはまだ来ていなかった。

今からだいたい一時間ぐらい前、監視室でモニターを眺めていた時、認識番号「ＭＴ１０７」のモニターにユミがエレベーターを出ていくところが映っていた。そのときユミはふんわりと髪を包むような帽子をかぶっていたので、監視カメラの画像では分かりにくかったのだけれども、背筋をしゅんと伸ばしたユミの立ち姿を私が見間違うことはない。ユミがそのまままっすぐ待ち合わせ場所に向かえば、私より先に着くはずだった。きっと、どこかで時間をつぶしているのだろう。

私は、おばあちゃんのところに持っていく買い物袋をベンチに置くと、少し離れたところにある柵のところに行ってみた。空は雲ばっかりで、朝日なんかちっともである。遠くのほうには泊大橋が架かっていて、自動車が何台も走っているのが見えた。小さすぎて豆粒だ。泊大橋のほうからこちらを眺めると、おばあちゃんの高層マンションは見えるだろうけれども、ここでこうやって柵にもたれて景色を見ている私のことは見えないだろうなと思ったとき、だれかに背中を叩かれた。

ユミだった。ふんわりと柔らかそうな生地の帽子を、眼の辺りが隠れるくらいまで深くかぶり、濃いチークを少しだけのぞかせている。なんて華やかなんだろう。薄緑の綿パンはユミのスタイルにはぴったりだし、グラマラスなボディは薄手のダウンジャケットの上からも十分に眼を引いた。

「待った?」

「いや。少しだけ」

ユミはどこにいたのだろう。私は尋ねてみたかったが、規則があるのでそれは聞けない。もし私が聞いたら、ユミは「どうしてバイトが早く終わったことを知ってるの?」と思うに違いない。そしたら、私は「監視カメラで見ていたよ」と言わなければならず、シュヒギムを破ることになってしまう。校則ならどうってことないけれども、バイト先のシュヒギムとなるとそうはいかないのだ。

私は休憩所のベンチから買い物袋を持つと、ユミの顔を見ながら高層マンションのほうを指さし、歩き出した。ユミは両手をダウンジャケットに突っ込んで付いてきた。

「きょうさぁ、お店が早めに終わったから、バイトの友だちとカフェに行ってきちゃった」

聞きたいと思っていたことをユミのほうから言ってくれて、ほっとした。友達のことを隠れて見張ってるみたいな感じがなくなって、肩の力が抜ける。

ユミのように夜の店で仕事をしている女の子たちには、バイト明けの溜まり場のようなカフェが何軒かあって、お酒であれ、コーヒーであれ、何か飲み物を一つ頼みさえすれば、どれだけいても追い出されることはないのだそうだ。ご飯が食べたければ、出前を取ってくれる。もっとも、ユミは、バイトの後は何も食べずに寝ることにしているので、飲み物しか頼まない。アルコールは抜きだ。

「お酒飲む子もいるの？」

「けっこう。みんな」

早くおうちに帰ったほうがいいんじゃないだろうか。ユミにそう言うと、ユミは
「けっこう事情は複雑なの」とうつむいた。

「おうちに帰りたくない子もいるし、おうちがなくて、友だちのところを転々としている子もいるんだよ。それにね、お客さんに飲んでもらうためにお付き合いするお酒と、自分で好きなように飲むお酒って、全然違うわけよ」

高層マンションの入り口はオートロック式である。私はドアの脇にあるインターフォンにおばあちゃんの部屋番号を入力し、「通話」と書かれた大きめのボタンを押した。「ぷるるる」という電子音が鳴ると、おばあの「あい」という声が聞こえてきた。

「ケイです」

私が短くそう言うと、バチンという音がして入り口のロックが外れた。

一階はホールになっていて、応接用のソファやテーブルが置いてある。正面の受付には紺色の制服を着た白髪頭の守衛さんが座っていて、私とは顔見知りだ。私はユミのほうを振り返りながら「友だちです」と告げてエレベーターのほうに向かった。ユミは「おはようございます」とあいさつした。その声はホールによく響いた。

エレベーターはゆっくりと上がっていく。

このエレベーターには、入口側の上のほうとその反対側に凸面鏡がはめ込んであり、そのなかに監視カメラが入っている。おばあちゃんが私たちと通話する姿は、その監視カメラが映しているものなのだ。監視室では今、「ＯＭ２０６」の小さなモニターに私とユミの姿が映っていることになる。ユミはそうと知らないまま、ドアの上に表示された数字が一つずつ増えていくのを黙って見ていた。

私は、おばあちゃんがエレベーターの通話機能を使って買い物を頼んでくるのだとつい言ってしまいそうになった。口元から勝手に言葉が出てきてしまいそうになり、あわててつばを飲み込む。「ごくり」とのどが鳴った。

ユミが言った。

「ケイもやっぱりそう？　私も耳がきーんってなっちゃった。高層マンションのエレベーターは違うね」

耳の嫌な感じを直すために私がつばを飲み込んだものと、ユミは勘違いしていた。

ドアの上の表示が「19」になった。体全体が上下に軽く引っ張られるような感覚があって、ドアが開く。廊下のカーペットは分厚い。まったく足音を立てずに「１９０２」と書かれたドアの前まで来ることができる。

私はインターフォンを押した。

「ピーン、ポーン」

中でチャイムが鳴っているのが、かすかに廊下に漏れてくる。インターフォンからおばあちゃんの声がした。

「あい」

すぐにガチャリという音がして、ドアが開いた。

「あい、ご苦労さん」

おばあちゃんが顔を出し、私の後ろにいるユミに「いらっしゃい」とほほ笑んだ。

「ユミと申します」

「遠慮しないで上がって。でも、その前に」

「はい。ケイから聞いてます」

私は先に上がった。私がいつまでも靴脱ぎに立っていては、ユミの身長が測れない。

ユミはふんわりとした帽子を頭から取ると、ダウンジャケットを脱いで手に持ち、ハイネックのセーター姿になった。青と白のボーダーなので、豊かなバストがさらに強調される。

「あんた、モデルさんみたいだね」

「そんなぁ……」

ユミはうれしそうな顔をして、両手で口元を覆っている。こういう仕草も、ユミがやると全然嫌味じゃない。

ユミと張り合うつもりなんかないけれども、あらためて、ユミの隣にいなくてよかったと思う。私は、ジーパンに、花柄のピンクのジャケット。お店で売られているときにはかわいい服も、私が着ると呪いを掛けられたように野暮ったくなる。なんともちぐはぐなのだ。どんなふうにコーディネートしたらいいのか分からない。

私は台所に入った。買ってきたものを冷蔵庫や食品棚に納めてしまわなければ。

玄関から話し声がする。

「その前に立ってくれるかい?」

おばあちゃんがユミを魯班尺の前に立たせているのだろう。「ずずっ」と、何かを引きずる音がするのは、おばあちゃんが踏み台を引っ張る音である。魯班尺がユミの頭の辺りでどんな文字になっているかを確かめるには、おばあちゃんは踏み台に上がらないといけなかった。

「うん？　これはちょっとまずいね」

「ダメですか？」

「ザイシツとサイシだからねぇ」

ユミの身長は、私よりちょっと高い。魯班尺は黒い文字になっているようだ。

私は台所から玄関に戻った。ユミの背丈を確かめると、一六二、三センチのところに「財失」、「災至」と書いてある。文字は黒。

ユミが私に言った。

「私、もしかして入れない？」

私はおばあちゃんの表情をうかがった。困っている様子はない。どちらかというと、無表情だ。その無表情なところが、ユミには不安だ。

「おばあとケイの顔に書いてあるよ。これはやばいって」

おばあちゃんはなだめるように言った。

「玄関から追い返すってことはないさね、いくらなんでも。黒い文字の身長の人は、赤い文字のところまで屈んで入ってくればいいんだよ」

コロンブスの卵だった。

ユミは「え？　そうなの？」と眼を丸くすると、体を丸めるようにして縮こまった。卵型をした形の良い頭のてっぺんが赤い文字の「富貴」や「財徳」の辺りに来たところで、おばあちゃんが「よし」と声を掛ける。ちょうど私の身長と同じぐらいである。ユミはようやく靴を脱ぎ、部屋に上がった。

ユミは、おばあちゃんに付いて廊下を歩いていき、私はそのあとに続いた。廊下の向こうには居間があって、ベランダに出るガラスドアから泊大橋が見えている。相変わらずの曇り空だった。

ユミが「おばあ」と話しかけた。

「あの、今ちょっと思ったんですけど、実は身長って関係ないんじゃないですか？」

「そんなことはないよ」

「でも、魯班尺の赤い文字のところに背丈を合わせれば、だれでも入れるじゃないですか」

「でも、そうじゃないの。魯班尺で背丈を測るってことが大事なんだよ」

おばあちゃんは居間のソファに座りながらそう言うと、眉をしかめた。

そして、急に眼を大きく開けると言った。

「ユミちゃん。あんた今、なんて言った？」

「頭の高さを赤い文字のところに合わせれば、だれでもおばあの部屋に入れるってことですよ」

「そうじゃなくて。背の高さを測るのはなんだい？」

「ないだいって、あそこに張ってあるのは、魯班尺ですよね？」

おばあちゃんは怪訝そうに顔をしかめた。

「これが魯班尺って、なんで知ってるんだい？」

「それは……」

ユミは私の顔を見た。言い淀んでいる。私に代わりに説明しろってことかな。どうしたらいいんだろう。

「あの、ユミは……」

私がそう言いかけたのと、ユミがハンドバッグから魯班尺を取り出したのとはほとんど一緒だった。

おばあちゃんはユミの手元をまじまじと見ている。眉の間は緩んでいた。顔を上げてユミを見たときには、すっかり笑っていた。

「あんたも持ってたんか」

おばあちゃんはそう言い、そうかい、そうかいと二度繰り返すと、私のほうをちらっと見た。


私は台所に戻った。テーブルには買い物袋がそのままにしてある。

「買い物も面倒で……」

「ケイちゃんが来てくれるから……」

おばあちゃんがユミに話す声が切れ切れに聞こえてきた。ユミは聞き役に回っているみたいだった。

私は冷蔵庫を開け、豚の三枚肉や牛乳、ホウレンソウといった頼まれものを収めていった。

おばあちゃんが台所に入ってきた。

「それ片付けたら、出かけようか」

「神様?」

おばあちゃんはにっこり笑ってうなずき、居間に戻っていった。数秒して「えー? 神様?」というユミの声が聞こえてきた。

ユミが私に声を掛けながら台所に近づいてきた。

「ねぇ、ケイ。おばあが神様のところに行くって言ってるけど、なんなの?」

ユミは吹き出しそうになるのをこらえながら言った。

「私もまだ分かんない」

「なんなのかなぁ」

「さぁ」

「まぁ、いいけど。早く行こ」

ユミは私を急かすと、居間に戻り、すぐに玄関に走っていった。抱えるようにして右腕でダウンを持ち、頭に載せた帽子を左手で押さえている。

「ほら、ケイちゃんも早く」

玄関でおばあちゃんの声がした。私は台所のテーブルに放り出してある花柄のピンクのジャケットをつかんだ。


おばあちゃんは、毛糸のショールで体をぐるぐる巻きにしていた。手を後ろに組み、短い歩幅でちょこちょこ歩いていく。サンダル履きなので、なんだか寒そうだ。

私とユミはその一歩後ろから付いていった。

私のバイト先へ向かうようなルートだった。緩やかな下り坂になっていて、靴の先に足の指が当たる。おばあちゃんの足元では、サンダルがぺたぺたいっていた。

私は「久茂地デイライフ」の名前を刷り込んだトートを肩に掛けている。玄関を出る時におばあちゃんから手渡されたもので、お供え用のリンゴが三つとバナナ一房、線香、ライター、タオルが詰めてあった。水を入れたペットボトルも入っていて、ときどき、ちゃぷちゃぷ鳴った。

ユミが小声で聞いた。

「おばあはいったいどこに行くの？」

「さぁ」

「知らないの？　いつもこんなふうなの？」

「一緒に外に出るの、初めてだもん」

すると、おばあちゃんが前を見たままで言った。

「あたしがどこに行こうとしてるのか聞かないんだね」

「神様のところですよね？」

ユミがうきうきした口調で言った。

「ユミちゃん、きょうが何日か知ってるかい？」

「三月一三日。たぶん、水曜日」

「そうだね。でも、あたしが聞きたいのはそういうことじゃないよ」

コンビニのマークを付けたトラックが走っていく。私たちは住宅街の路地を歩いているのだけれども、この路地は通勤ラッシュを避けようとする車のバイパス代わりにもなっていた。歩道があったらいいのに。私はおばあちゃんの右肩に手を添えて道路の脇へ寄せると、ユミの代わりに尋ねた。

「じゃあ、おばあちゃんが聞きたいのは何？」

「きょうは旧暦の二月二日だろ？」

「どうかな」

私もユミも旧暦なんて意識する世代じゃない。

「旧暦の二月二日は、トチコー様の誕生日なんだよ。トチコー様って、聞いたことあるだろ？」

「ないよ」

ユミは「私……」と言いかけたが、おばあちゃんが私の素っ気ない答えに舌打ちをしたので、それきり言うのをやめてしまった。

私は言った。

「今、舌打ちしたでしょ？」

「したよ」

「だって、トチコーなんていう知り合いいないもん」

おばあちゃんはまた舌打ちをした。

「トチコー様っていうのは、土地を守る神様のことだよ。どんな場所にでも、その土地の神様がいて、その土地を守ってくれてるんだよ」

「土地を守る?」

「そう」

「もしかして、それでデイサービス?」

おばあちゃんは大きくうなずいた。

「トチコー様がどこにいるか知りたくてね。それで、デイサービスに通って、この辺に暮らしてる人たちに聞いてたんだよ」

「字は?」

「字?」

おばあちゃんは立ち止まると、私たちのほうに向き直り、私に持たせたトートの中をかき回した。取り出したのはビニール袋に入った線香である。おばあちゃんは袋を破って中から一本取り出すと、道路にしゃがみ込んだ。そして、アスファルトの路面で線香を削るようにして黒い文字を書いた。私とユミも一緒にしゃがみ、おばあちゃんの手元の動きを眼で追った。

「土」

「地」

「公」

おばあちゃんが書いたのはこの三文字。

私とユミはおばあちゃんが一文字書くたびに「と」「ち」「こう」といちいち読み上げた。私が「土地公って書いてトチコーなんだ」とつぶやいていると、ユミは意外なことを言った
「私、知ってる。土地公でしょ?」

私はとっさに「なんで?」と言おうとしたが、おばあちゃんが「土地公じゃなくて、土地公様さ」と言ったのが一歩早かった。呼び捨ては気に入らないようである。そして、続けた。

「ユミちゃんはどうして土地公様のことを知ってるんだい。旧暦のことも知らないのに」

「なんでかっていうと、それは……」

ユミは立ち上がり、歩き出した。私も立ち上がり、おばあちゃんに手を貸した。足腰がしっかりしてるといったって、やっぱり年寄りである。座ったり、立ったりっていうことは若い者のようにはいかない。

ユミは一人で行ってしまい、路地を左に折れた。その先は、遊歩道のような砂利敷の小道になっていて、下へ降りる階段が続いているはずである。

おばあちゃんと私が追いついてみると、ユミは階段に座っていた。背筋をしゃんと伸ばし、まっすぐ前を向いている。

「っこいしょ」

おばあちゃんはユミの隣に腰掛けた。私はおばあちゃんを挟むように、ユミの反対側に座った。

「なんでだい？　なんで、土地公様のことを、ユミちゃんが、知ってるの？」

おばあちゃんは息を切らしかけていたが、はっきりとした口調で、一言一言確かめるように尋ねた。後ろで時々車のエンジン音がする。

ユミは言った。

「私、おばあちゃんが台湾人なんです。与那国島には台湾の人がけっこう住んでて、おばあちゃんたちは夏になると今でも土地公のお祭りをやってるんです」

「あんた、与那国の人？」

「はい」

「与那国の台湾人か」

「いえ。私は台湾人じゃなくて、おばあちゃんが台湾人です」

「おばあちゃんが台湾人なら、孫のあんたも台湾人じゃないか」

ユミはこれと似たようなことを私に言われ、「与那国生まれの与那国育ちだから、台湾人ではない」と言い張ったのだけれども、おばあちゃんにはそこまでは言わなかった。

おばあちゃんは、今度は私に言った。カンプーがくるっとユミのほうへ回る。

「ケイちゃん、あんた、奉公先に行くまでに事故に遭ったりしたことあるかい?」

「奉公先?」

「毎日エレベーターの中を見にいってるだろ? あれが奉公先だよ」

「バイト先でしょ」

おばあちゃんは、それがどうしたという顔をしてむっつりと黙ると、すぐに言った。

「あんたが毎日無事に奉公先に行けるのは、土地公様のおかげだよ。だれかがちゃんとお祈りをしてくれてるから、神様がそれに応えてみんなのことを守ってくれてるんだよ」

そして、今度はユミに言った。カンプーがこっちに回る。

「ユミちゃんはどうだい? あんたはどこ?」

「私は飲み屋です。夕方学校に行って、そのあと夜は飲み屋にいます」

「カフェの女給なら、あたしも若いころやったことあるよ。で、どうだい?困ったことないかい？」

「今のところは」

「それも土地公様のおかげだ。あんたのばあちゃんは毎年祈ってくれてるんだろ？」

ユミはこっくりとうなずいた。

「おばあは昔、台湾で暮らしてたんだよ。そのとき、おうちに土地公様を祀っていてね。毎朝、お茶と線香を供えてた。旧暦の二月二日っていうのは土地公様の誕生日で、近くのお寺でちょっとしたお祭りもあったってわけ。今から行くのは、土地公様の神社だよ」

「じゃあ、おばあは台湾人？」

ユミが尋ねた。

「あんたのおばあちゃんと同じだよ。あたしは台湾人だ。正真正銘の台湾人」

最後の一言は、だれかに宣言するような口調だった。

　このあと、私たちは土地公様の神社に着くまで黙って歩いた。私はバイト先から高層マンションまで歩くのとまったく逆のコースをたどることになったのだけれども、私一人で歩くときの二倍ぐらい時間がかかった。安里と新都心を結ぶ県道をまたぐ歩道橋が心配だったが、おばあちゃんは手すりを頼りに一段一段登っていった。

　くねくねとした安里の路地に、赤い鳥居が道路際までせり出しているのは、毎日歩いていて知っていたけれども、その神社の奥に土地公という神様を祀った祠があることは知らなかった。

　知っている人に教わらなければ、探し出すのは難しそうだ。祠までたどり着けたとしても、何も知らなければ、そこに土地公が祀られているとは分からない。祠の脇にある細長い表示板には「土帝君」と書いてあり、「トウティクー」という振り仮名が付いている。「土地公」とも、「トチコー」とも書いていない。「久茂地デイライフ」にはこの辺りからもお年寄りが通っていて、おばあちゃんは、「土帝君」と「土地公」は同じもので、中国から台湾や沖縄に伝わってくるときに呼び方がなまったり、違う当て字が付いたりした結果なのだと教えてもらったそうだ。

それにしても、と思う。

この日、ユミの態度は変だった。

おばあちゃんが線香に火を付けて、香炉に供えていた時のことだ。おばあちゃんがしゃがみ込んで手を合わせはじめたので、私も同じように手を合わせて眼を閉じていたのだけれども、そのときユミは突然なじるように言ったのだ。

「沖縄で暮らしてるんだから、沖縄の人になればいいじゃないですか」

ちょっと怒ったような声。私はびっくりしてユミを見上げた。ユミはダウンに

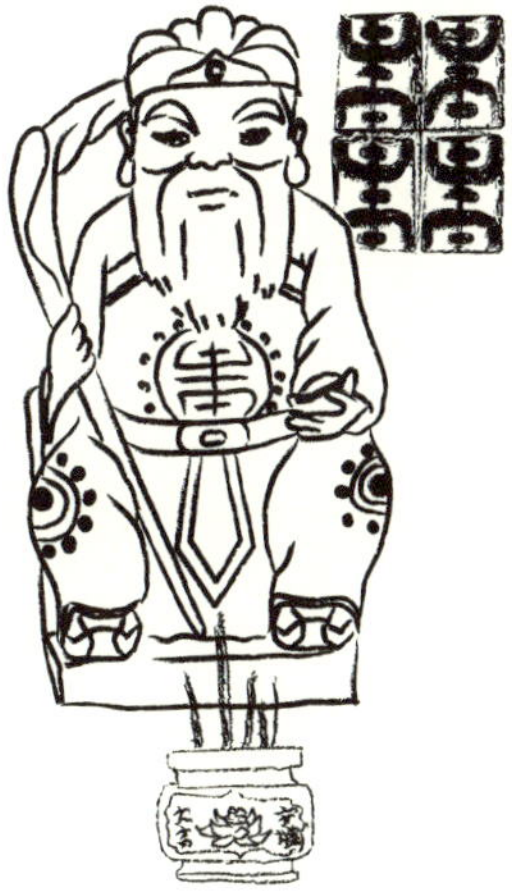

両手を突っ込んで、祠の前でしゃがんでいるおばあちゃんを見下ろしていた。

おばあちゃんは私に言った。ユミの言うことには答えない。

「ケイちゃん、リンゴとバナナ出してちょうだい。これを先に供えなきゃいけなかったんだ」

私はトートからリンゴを一つずつ出し、最後にバナナを出した。おばあちゃんは香炉の前に並べ終えると、あらためて手を合わせた。

お祈りはこれで終わりだった。

おばあちゃんは私に両脇を支えさせると、ゆっくりと立ち上がり、腰に両手を当てながら体を反らした。祠は、アパートやマンションが林立する住宅街を望む場所にあって、すぐ手前には漆喰を塗り直したばかりの赤瓦屋根がうずくまっていた。

おばあちゃんは両手を腰に当てたままの姿勢で、「これじゃ、土地公様には家しか見えない」とつぶやいた。

私はそのとき、おばあちゃんが正月にカモを西に向けて供えた意味が分かったような気がした。台湾のご先祖さんに供え物をしたんじゃないだろうか。沖縄の西には台湾がある。でも、私はそれをおばあちゃんに尋ねることはしなかった。カモを西向きに供えた話は、監視室の通話で聞いたことなので、ユミの前では話せなかった。

それに、このときは、台湾人かどうかということで空気が張りつめていて、カモの話なんて言えたもんじゃなかった。

おばあちゃんはユミに言った。

「沖縄の人になるっていうけどさ、そう簡単にはいかないよ」

「私はなれます。っていうか、私はもともと沖縄の人です。生まれたときから」

ユミは、かつてむきになって私に言った言葉を飲み込んだわけじゃなかった。

「あんたのばあちゃんは?」

ユミは少し間を置いて答えた。

「私、ばあちゃんのしゃべる日本語が分からないことがあるんです。だから、あの人は台湾の人です」

「ばあちゃんのほうはどう思ってんの？」

「さぁ。『わたし台湾で生まれた。台湾人』って言ったり、『もう台湾に帰るつもりない。与那国島で死ぬね。与那国の人になる』って言ったりするんです。でも、言葉が分からないから、細かいことも通じないし」

「そしたら、あんたのばあちゃんが台湾人かどうかは分からないってことだ」

「おばあは、うちのばあちゃんと違って、ちゃんとした日本語がしゃべれるじゃないですか。だったら、沖縄の人ってことでいいのに」

「ユミちゃんがそんなふうに決めていいのかい。おばあのことはおばあにしか分からないよ。ユミちゃんのおばあちゃんのことだって、ユミちゃんのおばあちゃんにしか分からないような気がするんだけどね」

ユミとおばあちゃんの会話はこんな感じだった。

おばあちゃんは、ユミの言うことに納得してなんかいなかった。でも、ばっさりと切って捨てるようなこともしなかった。利かん坊の孫娘を、やさしくなだめているみたいだった。

こんなことがあったあとも、おばあちゃんに買い物を届ける手伝いは続いている。ユミも私と一緒におばあちゃんの部屋へ行くようになった。ユミがそうしたいと言いだしたのだけれども、理由は分からない。

買い物を届ける日、ユミは「スタジオA」のバイトが終わると、監視室が入っている雑居ビルの入り口で待っていて、私と一緒におもろまちまで歩いていく。途中、赤い鳥居の神社のところに来ると、いったん中に入って土地公の祠まで行く。だからって、線香を供えたり、手を合わせたりっていうことはしない。祠に木の葉とか空き缶の投げ捨てとかがあったら掃除をするだけである。

土地公の神社に寄り道するようになったのも、ユミが言いだしたことだ。私はユミがなぜ土地公の神社へ行こうと思ったのか尋ねたことがある。

「台湾人のおばあちゃんのことを考えてみようと思ったの？」

「どっちの？」

ユミは問い返してきた。

高層マンションのおばあちゃんも、ユミのおばあちゃんも、どちらも「台湾人のおばあちゃん」なのだった。

「どっちでもいいけど、とにかく台湾人のおばあちゃんのことを考えてみる気になったの？」

「なんだっていいじゃない」

ユミはぶっきらぼうに答えた。まるで他人事みたいな顔をしている。私は、ユミはそう装っているのだろうと思った。

■第40回新沖縄文学賞受賞エッセー

巻尺とフィリピン

欲しかった巻尺を私がやっと手に入れたのは二〇一四年の二月一四日夜でした。場所は、台北市内の文房具屋さん。八メートルのものが一個一七〇元（六〇〇円余り）で五・五メートルのものが一個八五元（三〇〇円余り）。「魯班尺」（ろはんしゃく）と呼ばれるこのメジャーを、私は同じ月の二日に与那国島で初めて目にし、欲しくて欲しくてたまらなくなっていたのです。

魯班尺を伸ばしてみると、数字が規則正しく並んでいます。メジャーなのだから、これは当たり前のことです。魯班尺が面白いのは、この数字の列と平行に二文字熟語が続いているところです。その漢字は、赤い文字でプリントされた一群と黒い文字でプリントされた一群が何かの規則でもって交互に登場してきます。

試みに、一〇センチのところから見てみましょう。赤い文字で「進宝」、「納福」とあり、次の「失脱」からは黒い文字で「官鬼」、「劫罪」と続きます。赤の漢字には肯定的な意味があり、黒のほうの漢字は見ているだけで気持ちが沈みそうになります。

与那国島で私に魯班尺を見せてくれたのは、大工仕事もこなせるという知り合いの男性でした。この男性によると、たとえば、家を建てるときならば、玄関の間口の広さが黒い漢字の長さにならないように気を付けるのだそうです。経験を積むうちに、魯班尺を使わずとも、どの長さが良くて、どの長さはダメということが分かるようになり、この男性もそれだけのキャリアを持っていたのですが、魯班尺はいつも自分の車に載せているということでした。

たったこれだけのことなら、台湾まで来て、わざわざ文房具屋さんへ行ったりはしません。

私がなんとしてでも魯班尺を手に入れたいと思ってしまったのは、この魯班尺に張ってあるシールに「台湾製」とあったからなのです。

「衣食住」という言葉があります。

その「住」の基本にかかわるところで、台湾からやってきた魯班尺が少なからず重要な役回りを演じている──。

与那国島は戦後間もないころ、台湾との間で密貿易が行われ、大層栄えたなんてことをあらためて言うつもりはありませんが、そういう時代がすでに歴史的な位置まで遠ざかってしまった今、魯班尺という道具から与那国島で台湾を思い出すことができたのです。

与那国島や石垣島、竹富島、西表島などを含む島嶼地域は「八重山」と呼ばれます。そのなかで最も西に位置する与那国島は、台湾とはわずか一一一キロ離れているだけです。

日本が台湾を植民地として統治した時期を中心に、台湾と八重山の間では人やモノが行き交っていました。今でも、八重山には石垣島を中心に台湾系の住民が五〇〇〜六〇〇〇人暮らしています。

私は勤務先の新聞社で記事を書くようになって二〇年以上になりますが、いくつもの巡り合わせがあって、与那国島の人たちや八重山に暮らす台湾系の人たちとは長くお付き合いをさせていただいています。

どんなことでもそうですが、長く続けることによって蓄積が増え、いっぱしのことが言えるようになるものです。しかし、そんなことより、慢心や驕りが邪魔して、驚きや発見の喜びを失っていくことのほうがよっぽど恐ろしい。

その点、与那国島で魯班尺を「発見」するような体験は私には大変意義のあることです。私のなかにある感性の「凝り」のようなものがほぐれ、見るものや聞くものに対して反応が鈍くなっていくのをかろうじて防いでくれるのです。

八重山のことを八重山の人に尋ねるのは簡単だし、台湾のことは台湾の人に尋ねれば分かります。しかし、石垣島に住んでいる台湾の人たちに八重山について訊いたり、八重山に住んでいる人たちとのおしゃべりから「台湾」の存在を探ったりすることで気付かされることも多いのです。八重山と台湾の間にある境界を飛び越えたり、戻って来たりする作業は、私に新たな「気付き」をもたらす源泉なのです。

魯班尺のことは、私はまだ新聞記事にはしていません。魯班尺の存在に私がハマってしまったのは、単に私がそれを知らなかったからでもあるので、それを新聞記事として書くには相応の工夫が必要になります。

そのため、フィクションのほうで先に魯班尺を登場させることになりました。

その執筆作業は、私のなかにある境界を越える作業だったと言うこともできます。

作り話も新聞記事もどちらも同じ「書かれたもの」ですが、事実に忠実に則するのか、筆者の想像力こそが必要とされるのかという点で大きく異なります。若干大げさな物言いになりますが、私としては「こっち」から「あっち」へ、思い切って跳んでみたようなところがあります。

拙作「インターフォン」は、ある別の構想で書き始めた原稿から一部分を切り取って膨らませてできあがったものです。書き上げるのに、だいたい一年半ぐらいかかったと思います。この期間、私は石垣島に暮らすフィリピン人と会うためにカトリック教会に通ったり、石垣島のフィリピン人が月一回開いているマリア信仰の場に混ぜてもらったりしながら、新聞記者としてフィリピン人の取材に当たってもいました。一日のなかで何度か、あるいは、数日刻みで、「こっち」と「あっち」を行き来していたわけです。

なぜフィリピンかというと、つまり、こういうことです。

八重山に住む台湾系の人たちは、人数のうえでも、八重山の社会に与えた影響の大きさという点でも、八重山の「外」からやってきた人たちのグループとしては最大の集団のひとつと言うことができます。ただ、そのほとんどが日本国籍を持っており、外国籍を持った集団としては最も大きいわけではありません。

法務省が公表している統計によると、石垣市に暮らしている外国人三〇二人のなかで最も多いのはフィリピン人の四七人です。これは八重山の人口の〇・一%弱に相当しますが、その家族や知人、職場の同僚といった関係者を足し合わせていくと、かなりな人たちがフィリピンの人たちとかかわりを持っていると推測できます。八重山の「外」からやってきた人たちの姿を確かめ、その言葉に耳を傾けるという点において、石垣島に暮らすフィリピンの人たちをテーマにした取材は、八重山に住む台湾系の人たちをテーマにした取材と同列に置くことができるのです。


日本で最もよく知られた「フィリピン」に、台風発生場所としてのフィリピンがあります。読者のみなさんも、「フィリピンの東海上で発生した台風〇〇号は……」といったフレーズはよく耳にするのではありませんか?

世界地図を広げ、石垣島を中心にして同心円を描いてみると、大阪や東京よりもマニラのほうが近いと分かるのですが、わざわざそうしてみなければ、フィリピンはその近さを忘れてしまうような存在でした。少なくとも、私の頭の中ではそうでした。

フィリピンは、いわば私の「外」にあったわけです。

二〇一三年一一月、それが「内」なる存在に変わる出来事がありました。台風三〇号です。

フィリピンでは「ヨランダ」という名で呼ばれるこの台風は、アジア太平洋戦争の激戦地として知られるレイテ島を直撃しました。石垣島に住むフィリピン人のなかに、レイテ島の中心都市、タクロバン出身の人がいます。Ｔさんというこの女性が暮らす石垣市内の自宅を、私はヨランダ襲来後に訪ねました。Ｔさんは情報収集に躍起になっていて、インターネットの交流サイトにアップされる現地の状況をチェックしたり、石垣島に住むフィリピン人の友人とスマートフォンで話したりしていました。電話で話される言葉はほとんどフィリピン語で、私は時折混じる日本語や英語から通話の内容を推し量っていました。

ヨランダ襲来から丸一年が近づくのを前に、私は二〇一四年一〇月、フィリピンへ取材に行きました。レイテ島では、Tさんの親戚や、石垣島で半年ほど避難生活を送ったTさんの父親とともに、被災した人たちがいまもテント暮らしをしている場所や、ヨランダのために海から打ち上げられた貨物船の解体現場などを訪れました。

レイテ島への行き帰りではマニラやセブに立ち寄りました。石垣島には、マニラ出身の人やセブで働いていたことのあるフィリピン人がいるので、それらの場所に自分の身を置いてみたかったのです。石垣島に暮らすフィリピン人の多くが熱心に信仰するカトリックの教会にも足を運びました。そこに漂う空気を吸い込むことは、彼ら／彼女らに近づくうえで私には重要な営みでした。

私は石垣島とフィリピンのつながりをフィリピンから読み返し、自分自身の「外」にあるフィリピンという存在を少しでも「内」に取り込もうと試みていたのです。

とはいえ、フィリピンの滞在時間は正味二日と一九時間にすぎません。フィリピンの上っ面をなでた程度です。フィリピンに関する取材はこれからさらに続いていきます。

八重山に住む台湾人に関する蓄積が拙作につながったように、フィリピンに関連した取材がいつかフィクションの形を取って結実する、という具合にうまくいくものではないでしょう。それが小説として世に出るかどうかは、ノンフィクションとフィクションの間にある境界を私自身が飛び越えて行ったり、戻って来たりを繰り返したあとで分かることなのです。

新沖縄文学賞歴代受賞作一覧

第1回（1975年）　応募作23編
受賞作なし
佳作：又吉栄喜「海は蒼く」／横山史朗「伝説」

第2回（1976年）　応募作19編
新崎恭太郎「蘇鉄の村」
佳作：亀谷千鶴「ガリナ川のほとり」／田中康慶「エリーヌ」

第3回（1977年）　応募作14編
受賞作なし
佳作：庭鴨野「村雨」／亀谷千鶴「マグノリヤの城」

第4回（1978年）　応募作21編
受賞作なし
佳作：下地博盛「さざめく病葉たちの夏」／仲若直子「壊れた時計」

第5回（1979年）　応募作19編
受賞作なし
佳作：田場美津子「砂糖黍」／崎山多美「街の日に」

第6回（1980年）　応募作13編
受賞作なし
佳作：池田誠利「鴨の行方」／南安閑「色は匂えと」

第7回（1981年）　応募作20編
受賞作なし
佳作：吉沢庸希「異国」／當山之順「租界地帯」

第8回（1982年）　応募作24編
仲村渠ハツ「母たち女たち」
佳作：江場秀志「奇妙な果実」／小橋啓「蛍」

第9回（1983年）　応募作24編
受賞作なし
佳作：山里禎子「フルートを吹く少年」
第10回（1984年）　応募作15編
吉田スエ子「嘉間良心中」
山之端信子「虚空夜叉」
第11回（1985年）　応募作38編
喜舎場直子「女綾織唄」
佳作：目取真俊「雛」
第12回（1986年）　応募作24編
白石弥生「若夏の訪問者」
目取真俊「平和通りと名付けられた街を歩いて」
第13回（1987年）　応募作29編
照井裕「フルサトのダイエー」
佳作：平田健太郎「蜉蝣の日」

第14回（1988年）　応募作29編
玉城まさし「砂漠にて」
佳作：水無月慧子「出航前夜祭」
第15回（1989年）　応募作23編
徳田友子「新城マツの天使」
佳作：山城達雄「遠来の客」
第16回（1990年）　応募作19編
後田多八生「あなたが捨てた島」
第17回（1991年）　応募作14編
受賞作なし
佳作：うらしま黎「闇の彼方へ」／我如古驟二「耳切り坊主の唄」
第18回（1992年）　応募作19編
玉木一兵「母の死化粧」
第19回（1993年）　応募作16編
清原つる代「蝉ハイツ」

佳作：金城尚子「コーラルアイランドの夏」
第20回（1994年）応募作25編
知念節子「最後の夏」
佳作：前田よし子「風の色」
第21回（1995年）応募作12編
受賞作なし
佳作：崎山麻夫「桜」／加勢俊夫「ジグソー・パズル」
第22回（1996年）応募作16編
崎山麻夫「闇の向こうへ」
加勢俊夫「ロイ洋服店」
第23回（1997年）応募作11編
受賞作なし
佳作：国吉高史「憧れ」／大城新栄「洗骨」
第24回（1998年）応募作11編
山城達雄「窪森」
第25回（1999年）応募作16編
竹本真雄「燠火」
佳作：鈴木次郎「島の眺め」
第26回（2000年）応募作16編
受賞作なし
佳作：美里敏則「ツル婆さんの場合」／花輪真衣「墓」
第27回（2001年）応募作27編
真久田正「鱬鯤」
佳作：伊礼和子「訣別」
第28回（2002年）応募作21編
金城真悠「千年蒼茫」
佳作：河合民子「清明」
第29回（2003年）応募作18編
玉代勢章「母、狂う」
佳作：比嘉野枝「迷路」
第30回（2004年）応募作33編
赫星十四三「アイスバー・ガール」

佳作：樹乃タルオ「淵《クムイ》」

第31回（２００５年）応募作23編

月之浜太郎「梅干駅から枇杷駅まで」

佳作：もりおみずき「郵便馬車の馭者だった」

第32回（２００６年）応募作20編

上原利彦「黄金色の痣」

第33回（２００７年）応募作27編

国梓としひで「爆音、轟く」

松原栄「無言電話」

第34回（２００８年）応募作28編

美里敏則「ペダルを踏み込んで」

森田たもつ「蓬莱の彼方」

第35回（２００９年）応募作19編

大嶺邦雄「ハル道のスージグァにはいって」

富山洋子「フラミンゴのピンクの羽」

第36回（２０１０年）応募作24編

崎浜慎「始まり」

佳作：ヨシハラ小町「カナ」

第37回（２０１１年）応募作28編

伊波雅子「オムツ党、走る」

佳作：當山清政「メランコリア」

第38回（２０１２年）応募作20編

伊礼英貴「期間工ブルース」

佳作：平岡禎之「家族になる時間」

第39回（２０１３年）応募作33編

佐藤モニカ「ミツコさん」

佳作：橋本真樹「サンタは雪降る島に住まう」

第40回（２０１４年）応募作13編

松田良孝「インターフォン」

佳作：儀保佑輔「断絶の音楽」

松田良孝　（まつだ・よしたか）

1969年生まれ。埼玉県旧大宮市出身。八重山毎日新聞編集局整理部記者。
著書「八重山の台湾人」（南山舎／2004年）は、「八重山的臺灣人」（行人文化實驗室／2012年）として台湾で翻訳出版。ほかに「台湾疎開　『琉球難民』の1年11カ月」（南山舎／2010年）、「与那国台湾往来記」（南山舎／2013年）。共著に「石垣島で台湾を歩く」（沖縄タイムス社／2012年）。

インターフォン　　タイムス文芸叢書 001

2015年1月23日　　第1刷発行

著　者　　松田良孝
発行者　　上原徹
発行所　　沖縄タイムス社
〒900-8678　沖縄県那覇市久茂地2－2－2
出版部　098-860-3591
www.okinawatimes.co.jp
印刷所　　文進印刷

ISBN978-4-87127-219-3　　Rrinted in Japan